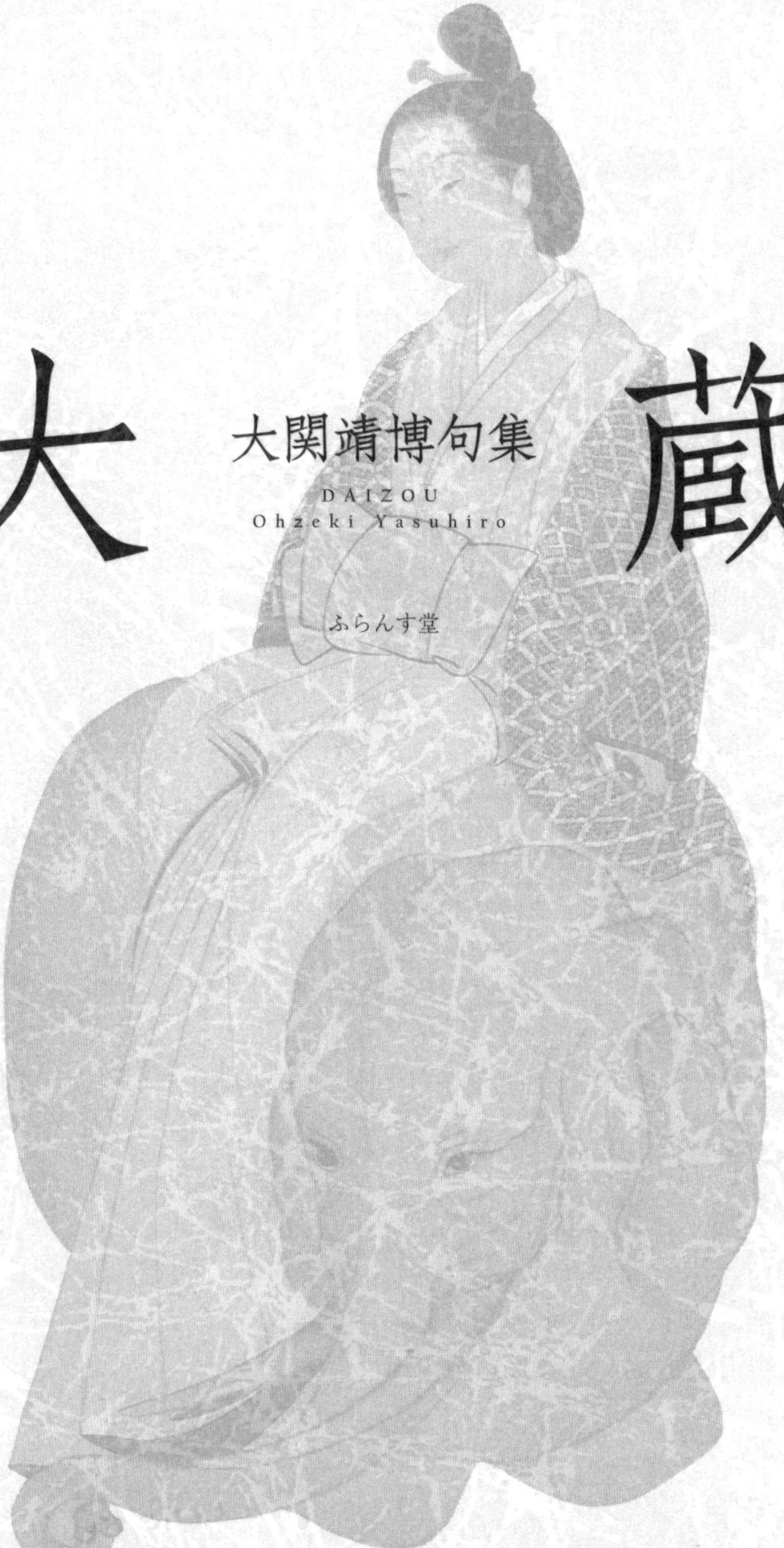

大蔵

大関靖博句集

DAIZOU

Ohzeki Yasuhiro

ふらんす堂

目次

句集　大蔵

第一章　法華

櫻　十五句

森林に埋もれ咲きたる櫻かな

櫻満開あの頃父と母がゐて

満開の花びらほどの人死にき

櫻見る縄文人となりて見る

櫻満開元禄の世の絵のごとく

櫻咲き彼方の月日浮かびくる
聖堂とニコライ堂と櫻かな
たましひはあの世に帰る花吹雪
旭日は落日となる櫻かな
花筵この世の盛者乗せてをり

夜櫻や恋は命を懸けるもの

孤独とは一人占めする櫻かな

花吹雪風雲急を告げにけり

花篝魑魅魍魎を寄せつけず

散る花を髪にからませ別れけり

支那海を大蔵経は黄沙追ふ

菖蒲湯に古稀のいのちを浮かべけり

あけぼのに染まりて白牡丹浄土

白牡丹風が重力おびやかす

百輪の中の白眉の白牡丹

甚平や無用の用は無用にて
麦秋のレンブラントのひかりかな
甚平に悠悠自適の身を通す
はたた神風前の灯のフィラメント
風鈴の音よ肉体のたましひよ

年寄の冷水ほどの水を打つ

目高びつくり水面は知らぬ顔

更衣死なねばならぬ命かな

泉湧く生きねばならぬ命かな

生きることそこそこ好きで心太

漆黒の闇に螢の目が踊る

しろがねの噴水天を支へをり

十薬に布教しつこき老婆かな

父の日や七光なき父なれど

合歓の花日暮れてよりの薄明り

片影を人間の影出でにけり

白魚の五本の指で胡瓜揉む

螢袋山のお寺の鐘が鳴る

合歓の花歴史はクレオパトラの鼻

紫陽花に晩節といふ花の色

空蟬や死者の館のピラミッド

鳥がまづ起きあかときの合歡の花

雲の峰日々新しく崩れけり

ぼうふりは一生棒に振りにけり

兜蟲あの世の金子兜太かな

祇園祭　五十句

宵宮の駒提灯の万華鏡

ゆつくりと祇園囃子の始まれり

祭鱧一本の骨舌を刺す

宵宮の天に三日月月の鉾

宵宮の鉾に試乗の男女かな

宵祭戻りて気付く足の肉刺

祇園囃子千年の闇喜ばす

祇園祭折目正しく気品あり

祇園会の千年初志を貫徹す

本番の祇園囃子に狂ひなし

鴨川の祇園囃子を乗せ流る

揚羽蝶平安の世の化身かも

千年の稚児の瞳や鉾祭

祇園祭御触れの棒の金の球

二十六米空切る長刀鉾先陣

鉾山車を一気に回す竹に水

辻廻し長刀鉾の撓みけり

鉾先の視線の景色消えてゆく

鉾柱天まで縄のとぐろ巻く

鉄杖をひきずり鳴らす鉾祭

鳳凰のゴブラン織や鉾祭

鉾立に綺麗所も随行す

鉾祭鉾が止まれば時止まる

蟷螂山大カマキリが天飛翔

鉾の曳き衆帯にはさみし粽かな

長刀鉾京の天切る風を切る

日盛りや紅白の幕延延と

祇園祭異常気象を撥ね除けぬ

歩む稚児青息吐息鉾祭

鉾祭エレベーターで見降ろしぬ

祇園祭灼熱地獄四十度

祇園祭みんな命を懸けてゐる

山鉾に湧く沿道の拍手かな

祇園会や心頭滅却して作句

鉾立の幣を一瞬煽る風

祇園会にポカリスエット二本かな

千年の碁盤の道や鉾祭

静寂を引き連れ祇園囃子かな

祇園囃子並木の蟬も囃すなり

鉾立の四面ペルシアの模様かな

祇園祭千年の時繋ぎをり
鉾祭天上鳶の円舞かな
天王祭まもなく御世の代替り
祇園祭笛のすき間を鐘響く
悪疫退散悪疫退散鉾祭

祇園会を見る炎天の三時間

祇園祭みやこの人の底力

祇園囃子万の路地裏まで届く

祇園祭町衆の意気とこしなへ

祇園会より八坂神社に詣でけり

萍に片雲松尾芭蕉かな

稲妻は天のかみそり時を切る

秋の夜は本でこころの旅に出る

火の海に浮かぶ山河や曼珠沙華

秋刀魚焼く散散人を煙に巻き

わが胸にしあはせが来る小鳥来る

白壁に千の朱点の吊し柿

水澄むや浮世に嘘のはびこりて

善光寺　四句

秋蝶や成田浅草善光寺

お戒壇巡りは闇の秋の声

新涼に砂曼荼羅の宇宙かな

善光寺露地裏に美味走り蕎麦

志賀高原

白樺の白骨化する秋の風

小布施岩松院・北斎筆

爽やかや八方睨み鳳凰図

秋薔薇の手抜き育ちの鶉衣《じゅんい》かな

東京を向きて案山子の威張りをる

露の玉より更にもろくて命かな

新米のひかり犇く握り飯

名月に富士の山影ありにけり

バッタ飛ぶ飛ぶたび羽根に夕日透け

摩周湖の蒼き一滴秋深し

草の絮生に息あり死に翳あり

定年後働く勤労感謝の日

桃青忌言葉に宿る命かな

足音はつはものどもや霜柱

第二章　大日

うつらうつらとうぶゆのごとく初湯かな

まづ妻の検閲を受く年賀状

一瞬の初富士に会ふ総武線

冬菊のひかりの満ちて宇宙かな

落葉して世界の天地入れ替る

小石川福神詣　四句

万両の赤をころがす敷松葉

極楽水涸れて落葉の泉かな

若水や弁財天に男女あり

人生のごとくに坂の福詣

悪知恵をあたためてゐる懐手

白鳥の眠りて月に漂へり

冬櫻晴れすぎて花見失ふ

白鳥の水蹴りて日を目指しけり

裸木の瘤くろがねの拳骨よ

生前の顔で煮凝る鮃かな

きさらぎの鋳亀甲の志野茶碗

空耳は蝶のはばたきかもしれぬ

ふらここや宇宙の果てにゐるごとし

幾万の日本の百寿桃の花

流し雛子に初めての別れかな

三椏や男女境界曖昧模糊

太鼓の間まだ不揃ひで春の雷

三門に扉はあらず鳥曇

揚雲雀空に酸素のある限り

限界集落今連翹の黄金郷《エル・ドラド》

陽炎が持ち上げてゐる力石

蜃気楼新宿海に浮かびけり

尾を振りて皆偉くなる蝌蚪の水

金閣寺　二句

金閣の屋根の鳳凰風光る

金閣に金のさざなみ夕長し

龍安寺　二句

絶海の石庭を行く孤蝶かな

春愁や取り残されし石十五

亥の神の護王神社や下萌ゆる

良く見える眼鏡が邪魔の目借時

苗代にみどりの針の無限かな

湯西川のかまくら　五十句

かまくらの炭火の飛びて星りんりん

かまくら出て銀河のシャワー浴びにけり

かまくらの丈を縮めて雪積もる

かまくらにものの匂ひや生きてゐる

かまくらに心は星の王子様

かまくらに達磨のごとく趺坐かな

かまくらといふ永遠に白きもの

かまくらはゆらゆらボーッと発光体

かまくらに生きてゐること忘れけり

かまくらの外北極の寒気団

あの世でもこの世でもなくかまくらや
かまくらに心の響き聞こえけり
生きてゐるごとき岩魚の眼に寒星
かまくらに北のなまりの語尾濁る
かまくらの影マンモスのごとくなり

濁世よりかまくらに来る旅人よ
かまくらや星の瞳の十粒ほど
忘却の時のかまくら雪の洞
星座かたむくかまくらは燭変へる
童心に戻るやかまくらの世界

かまくらの宇宙は銀河まで続く
遠望のかまくら白雪姫ゐさう
かまくらの絵本の中に入りけり
かまくらに視線涙腺ゆるむなり
かまくらや白酒に身をほぐしたる

かまくらに大明神の軸掛けたり
かまくらの祠に金の燭ともす
かまくらは星撒くプラネタリウムかな
かまくらに唇の紅集ひけり
かまくらのひかりまたたく睫毛かな

かまくらといふかまくらに扉なし

かまくらは月のおぼろをまとひけり

かまくらや湯気に眼鏡のすぐ曇る

かまくらに行くまで月に身を透かす

かまくらに黄色き声の睦みたる

水神やかまくらに湯をたぎらせて

かまくらはあらゆる影の芯となる

かまくらの火鉢を囲む頭かな

かまくらや和紙の白さの幣垂れて

かまくらに蠟燭の火のゆらぎけり

かまくらに小犬もをりて馴染むなり
かまくらに避けそれまでの空つ風
かまくらに長靴ひとつ倒れけり
かまくらにおとぎの国の灯がともる
かまくらのかまぼこの影林立す

かまくらを背の山々の猫背かな

かまくらに時の流れて川流る

かまくらや汁粉に餅の匂ふなり

かまくらに身を折りて皆入りけり

かまくらの灯のだいだいや月青し

初蝶に紆余曲折の視線かな

高砂の翁の鬚の春の雲

修業僧十人が行く葱坊主

教育の危機を熟知の剪定師

春宵やドナウの川の円舞曲

櫻　十五句

御破算に願ひましては櫻かな

櫻満開無我夢中無我夢中

だんだんだんと谷の迷路へ櫻狩

大波小波止みて漣糸櫻

人生の記憶はさくらさくらかな

風神の自在の炎花篝

今にして合点のゆきぬ櫻かな

櫻穢土人去り櫻浄土かな

命見るごとく櫻を見てゐたり

思ひ出は櫻の他のなかりけり

地の闇と天の光の櫻かな

生国の櫻はいつも吹雪きけり

夕ざくら夜ざくらそして朝ざくら

大粒の雨が糸曳く糸櫻

極楽の櫻の下の地獄かな

ジャスミンの香を薫風に逃しけり

雷鳴や地球の殻の罅だらけ

紫陽花に雲の変幻自在かな

白牡丹折目正しく咲きにけり

円空佛みな微笑みて麦の秋

紅白の薔薇にいくさの記憶あり

青嵐秘佛は金の厨子の中

梅雨蝶や錆びて動かぬ蝶番

この虹を渡れば父母の故郷かな

御所の蟻汝も天子の赤子なり

蟬時雨樹齢不明の御神木

空蟬や零戦闘機設計圖

風鈴が頭の芯で鳴り響く

向日葵さへ恐るる胸の隠し事

願掛けに百日通ふ百日紅

瀧壺に度胸を決めし水落つる

極まれば炎天といふ闇夜かな

正眼の泰然自若ひきがへる

戦より七十四年目の残暑

これよりは結界なりき秋の風

霧湧きて浄土はかくのごときかな

小諸　四句

懐古園我も遊子や赤とんぼ

石を吐く浅間を背に秋の川

優しさの秋蝶に会ふ虚子旧居

色変へぬ松の古城や千曲川

生涯は赤手空拳天高し

文弱の身を活かしきる文化の日

文化の日戦国の世の文化人

初紅葉みな横柄な常緑樹

子が自立して秋の夜の夫婦かな

団栗の命は丸く弾みけり

鶏頭に風雨艱難辛苦かな

秋遍路白衣に生身詰め込みて

風速六十米野分に屋根の飛ぶ夜かな

十三夜老いたり老いを意識せず

鈴蟲の鈴の輪廻の響きかな

すこやかに晴れて天地の鷹柱

関口芭蕉庵　四句

関口は紅葉隠れに芭蕉庵

色変へぬ松や関口芭蕉庵

時雨忌を饒舌の雨続くかな

神田川沿ひ芭蕉も踏みし落葉道

焚火果て再び十人十色かな

冬櫻薄日を叱咤激励す

氷張る意識無意識そして夢

遍照の金の世界の石蕗の花

皇帝のまなこに空や檻の鷹

落葉千枚かつて宿りし命千枚

霜柱背伸びをやめしよりの日々

忘れ花メメント・モリ死を忘れるな

金剛の氷に遊ぶ虹の色

第三章　維摩

池上福神詣　四句

世間には馬耳東風の馬日かな

初山河見渡す高所恐怖症

日蓮の激情斯くも淑気かな

賽銭最も勢む弁天福詣

浮寝鳥哲学に空忘れをり

三寒四温人生生生流転にて

枯蓮に雨の残念無念かな

浜風に水仙の香の輪舞あり

常楽会動物園に人の列

永遠は余生にありて夕長し

沈丁花闇に薫りの山河あり
初蝶や純真無垢のメリケン粉
よく響く瀬音は山の笑ひ声
パンジーの黄に紫の四面楚歌
春の雪この世の全て綺麗事

流寓の身を梅東風に晒しけり

天上天下唯我独尊土筆哉

白魚を貫ぬく五分の土性骨

初蝶の羽根が悟りを開きけり

桃咲くと天国極楽桃源郷

櫻　十五句

爆発は命の櫻第一花

花冷えや天麩羅捌く銀の箸

櫻満開戦を知らぬ天守閣

花便り世にウイルスの蔓延りて

下戸なればひたすら花に酔ひにけり

雲去りて棚曳く山の櫻かな

流速に一糸乱れぬ花筏

水銀灯満開の花眠らせず

猿股のぬくもるまでの櫻冷

遅速停滞変幻自在花筏

夕靄にさくらはさくら松は松
逆流に乗り遡る花筏
亡き人の胸にはみだす夕ざくら
はらはらと花散るこころはらはらと
花吹雪往生といふ一仕事

信玄の甲府盆地や桃の花
春愁や黒猫を抱く夢二の絵
リラの花咲く宝塚歌劇團
うららかやわが身は雲となりて浮く
永遠の春愁やルネ・マグリット

踏絵して心の地獄始まれり

藤房が雨の百粒吊るしをり

そこそこに生きれば独活の薮みかな

祖父の羽織袴我にぴつたり柏餅

順風にして満帆の風薫る

新茶注ぐ瞳ひかりの泉なし

宙に浮くわが身や瀧を見詰めすぎ

白牡丹誕生も死も白衣にて

天命をひたすら待つやかたつむり

水郷は運河で巡る麦の秋

風鈴に月よりの風届きけり

油照白湯沸くまでの大騒ぎ

噴水や我は輪廻のどのあたり

父の日はひたすら茫然自失なり

蟬穴の墓穴夥しき大地

空蝉といふアリバイを残しけり

紫陽花や失恋はこの喫茶店

向日葵は万の一つ目小僧かな

極まれば絶叫静寂蝉時雨

人間は辛抱といふかたつむり

滴りや聖書に洪水物語

梅干や赤貧恐れてはならぬ

青梅雨の水族館の静寂かな

仙人は海千山千吊忍

野の夢の漂泊の身の昼寝かな

蠛蠓となりてさ迷ふ御霊あり

腰抜けと見せ強情の胡瓜揉

一粒の梅干といふ木乃伊かな

蟻地獄人類は今生き地獄

名刀の背筋を涼気走りけり

虹を見て余生の夢の華麗なり

天に日輪地に大輪の噴水咲く

青春の頃と変はらぬ雲の峰

蟻蠓や戦死者凌駕コロナ死者

この世にて黄泉の姿の蟬の殻

夕顔に流るる渡辺貞夫かな

一億二千万コロナの戦友八月よ

天の川妻と逢瀬の五十年

青春は辞書を読破の銀河かな

鰯雲望郷とめどなく湧けり

酒井良治氏御葬儀

濱町は秋笑みの遺影は法被着て

秒針が朝顔の刻奪ひゆく

かなかなやあの世がこの世呼んでゐる

鶏鳴が宇宙に響き天高し

運命の風信じきる草の絮

太陽に誉められてゐる菊日和

野に在れば狐狸と月見かな

累累と命の殻の籾の山

啄木鳥は森のドラマー滅多打ち

これ以上太れぬ露の離散かな

秋蝶やギリシア悲劇の石舞台

銀漢に紛れずひとり荒野行く

佛性の冬瓜といふ木偶坊

草莽の臣の覇者なり草の絮

黄落の胡蝶が空を埋めけり

余りたる生もありけり紅葉山

軽みとは無一物なり神無月

綿蟲の宇宙諾ふばかりかな

桃青忌風流日進月歩かな

言霊に殉ずる生や桃青忌

大佛殿に大佛御座す冬至かな

冬の日のまなこ慈愛の佛陀かな

脳内の千手観音懐手

帰り花命は二つなかかりけり

冬牡丹禅寺に塵ひとつなし

第四章　華厳

飛び跳ねて御手玉ほどの初雀

裏白のめでたき風に煽らるる

楪や同じ声して三世代

鏡餅座布団に皆正座して

ゆるやかな波の箒目年新た

なづな粥みどりの命啜りけり

去年今年橋の上流下流かな

五右衛門を偲べば熱き初湯かな

権力に黒幕がゐて傀儡師

初夢は鷹の背中のわが身かな

日を残し収穫後の蜜柑山
千手観音堂脇満開花八手
前人未踏の枯野芭蕉の日が沈む
何もかも水に流して冬銀河
裸木の紆余曲折の天寿あり

立春の日輪歓喜の渦を巻く

白炎の辛夷故郷の虚空かな

あつあつの大根を食べ良寛忌

蝶蝶や遊んでばかりゐて老いし

身心の天に融けゆくうららかな

附録

芭蕉と華厳経

本稿は芭蕉と華厳経との関連を考察するものである。芭蕉が亡くなったのは一六九四年で華厳経が成立したのは四百年頃といわれる。従ってこの間に千三百年の時間が存在するわけであるが、本稿を支持するならば芭蕉は華厳経との千三百年を埋めてしまったといえるのだ。又天平勝宝四年（七五二）の東大寺大仏開眼供養会厳修の時を文字に残された日本のグローバリゼーションの第一期とするならば、九百五十年後にその痕跡を芭蕉の中に発見できるであろうという推理が成立するのである。

本稿の骨子は華厳経と芭蕉の間に謡曲の『江口』をかけ橋として双方の関連を認めるというスキームである。そしてその三者に共通するキーワードを〈遊女〉に置くというものである。華厳経と『江口』との関係は大和猿楽が大寺院の神事の時に演じられた源流を思えば、仏教を題材にした能の作品が残っていても不自然ではなかろう。芭蕉と『江口』との関連は『江口』が西行と深い関連があり、既に多くの芭蕉学者が二者の深い連関を指摘するところである。

東大寺は華厳宗大本山であるから日本の華厳経の中心であり今日華厳学研究所が東大寺に設けられていて、現在でもその地位を保持しているのである。一方東大寺開眼会には唐をはじめ東アジアの各地から多数の人々が参集した事が記録に残されている。中東からの人もみられたという説も存在する。

酒田の人々との惜別に日を過ごしながら、やがて出立すべき北陸道の空のかなたを遠く眺めやる。これから、はるばると越えて行く道中の艱難《かんなん》に、胸痛む思いで、加賀《かが》の国府金沢までは百三十里もあるという話を聞くのであった。羽前国《うぜんのくに》と越後国《えちごのくに》との境にある鼠《ねず》の関を越えると、そこからは越後国に歩みを進めることになり、ついで越中国《えっちゅうのくに》の市振《いちぶり》の関に至った。この間九日で、暑気や雨天の辛労に心を悩まし、病気になったので、紀行を書くこともしなかった。

文月《ふみづき》や六日も常の夜には似ず（もう初秋七日の季節となり、七夕を明夜に控えることとなった。明晩が七夕の夜だと思うと、今夜六日の夜も、ふだんの夜とは違っているような気がする）

荒海や佐渡によこたふ天河《あまのがは》（目の前にひろがる日本海の暗い荒波のかなたには佐渡が島がある。その佐渡が島へかけて、澄んだ夜空をかぎって、天の川が大きく横たわっている）

今日は、親しらず子しらずとか、犬もどり・駒《こま》返しなどという北国一番の難所を越えて疲れていたので、枕を引き寄せて早く寝たところが、襖《ふすま》一つ向こうの表側の部屋《へや》に、若い女の声が聞こえる。二人ほどらしい。女の声に年老いた男の声も交じって話をしているのを聞くと、二人の女は越後国の新潟という所の遊女であった。伊勢参宮をしようとして、この関まで男が送って来て、あすはその男を故郷新潟へ帰すについて、手紙を認《したた》め、ちょっとした言づてなどをしているところである。遊女たちが「私たちは、『白浪《しらなみ》のよするなぎさに身をつくすあまの子なれば宿も定めず』という古い歌のとおり、おちぶれて、浅ましい身の上になり、夜ごとに変わった客と契りをかわすのですが、前世の所行がどんなに悪かったのでしょう」と話すのを聞きながら寝入ってしまった。その翌朝、宿を立とうとすると、遊女たちはわれわれに向かって、「これから伊勢までどう行ったらよいかもわからない道中の憂《う》さが、なんとも不安で悲しゅうございますので、あなた様のお跡を見え隠れにでも、ついて参ろうと存じます。人を助けるご出家のお情《なさけ》で、仏様のお恵みを私どもにも分けて、仏道にはいる縁を結ばせて下さいませ」と涙を流して頼むのであった。かわいそうなことではあったが、「われわれは所々で滞在することが多いから、とても同行はできまい。ただ同じ方向に行く人々の跡について行きなさい。きっと伊勢の大神宮がお守りくださって、無事に着けるだろう」と言うばかりで出立してしまったが、かわいそうな気がしばらく収まらないことであった。

一家《ひとついえ》に遊女もねたり萩《はぎ》と月（この宿に思いがけず遊女も同宿していて、偶然遊女と一つ屋根の下に泊まることになった。自分のような男と遊女との取合せは、いわば空の月と萩の花のようなもので、一見無縁に見えるが、また不思議な取合せの妙味もあることだ）

曾良に語ると、曾良は紙に書きとめた。

酒田の余波《なごり》日を重《かさね》て、北陸道《ほくりくだう》の雲に望《のぞむ》。遙々《はるばる》のおもひ、胸をいたましめて、加賀の府まで百卅里と聞《きく》。鼠《ねず》の関をこゆれば、越後の地に歩行《あゆみ》を改《あらため》て、越中の国市ぶりの関に到《いた》る。此間《このかん》九日《ここのか》、暑湿の労《らう》に神《しん》をなやまし、病《やまひ》おこりて事をしるさず。

文《ふみ》月《づき》や六日も常の夜には似ず

荒海や佐渡によこたふ天河《あまのがは》

今日は、親しらず子しらず・犬もどり・駒《こま》返しなど云《いふ》、北国一の難所《なんじょ》を越《こえ》てつかれ侍《はべ》れば、枕引《まくらひき》よせて寝《ね》たるに、一間《ひとま》隔《へだ》て面《おもて》の方に、若き女の声二人斗《ばかり》ときこゆ。年老《おい》たるをのこの声も交《まじり》て物語するをきけば、越後の国新潟と云《いふ》所の遊女成《なり》し。伊勢参宮するとて、此《この》関までをのこの送りて、あすは古郷にかへす文したゝめて、はかなき言伝《ことづて》などしやる也《なり》。「白波《しらなみ》のよする汀《なぎさ》に身をはふからし、あまのこの世をあさましう下《くだ》りて、定めなき契《ちぎり》、日々の業因《ごふいん》、いかにつたなし」と物云《いふ》をきく〳〵寝入《ねいり》て、あした旅立《たびだつ》に、我〳〵にむかひて、「行衛《ゆくへ》しらぬ旅路のうさ、あまり覚束《おぼつか》なう悲しく侍《はべ》れば、見えがくれにも御跡《おんあと》をしたひ侍《はべら》ん。衣《ころも》の上の御《おん》情《なさけ》に、大慈《だいじ》のめぐみをたれて、結縁《けちえん》せさせ給《たま》へ」と泪《なみだ》を落《おと》す。不便《ふびん》の事には侍れども、「我〳〵は所々にてとゞまる方《かた》おほし。只《ただ》人の行《ゆく》にまかせて行《ゆく》べし。神明《しんめい》の加護かならず恙《つつが》なかるべし」と云捨《いひすて》て出《いで》つゝ、哀《あはれ》さしばらくやまざりけらし。

一《ひとつ》家《いへ》に遊女もねたり萩《はぎ》と月

曾良にかたれば、書《かき》とゞめ侍る。

（井本農一他『松尾芭蕉集』小学館　一九七二年　三七五頁〜三七六頁）

(三四)話のエピソードの終りは象潟であり(三五)話は新潟のはしの市振の関に入る。この間の空白は一体何を意味しているのだろうか。前半も後半もひかくてきに細かに旅程が描かれている。『奥の細道』において象潟から市振に至る秋田県・山形県・新潟県にわたる長い道のりはほとんど何も書かれていない空白地帯となっている。本稿のテーマと直接関連はないもののたいへん気になる空白である。〈此間九日、暑湿の労に神をなやまし、病おこりて事をしるさず。〉で芭蕉はこの空白の言いわけをしている。又この間九日と述べているが実際は十六日間である。一体芭蕉はこの地で半月も何をやっていたのであろうか。疑問は募るばかりである。

市振でのエピソードは起承転結でいえば結にあたるであろう。序破急でいえば急の終結部にあたるように感じられる。旅は(四六)話の大垣まで続くのであるが、市振はある意味で終りを示しているように感じられてならない。

連句では季節の変化が重要な要素であるが、内容的には〈花〉と〈月〉がなくてはならない要素である。それらに加えて神祇、釈教、恋、無常等も諸要素として存在する。連句において〈表八句の間には、神祇、釈教、恋、無常、人生をも嫌ふ(『俳諧古今抄』)〉という式目がある。つまりこれらの要素は始まりの部分では避けよという戒めである。私の理解では連句のこれらの要素がことごとく存在するのがこのエピソードである。

『全踏査奥の細道の旅』(JTB日本交通公社出版事業局　一八三頁)には〈(奥の細道で)一番多くとり上げられている植物は萩で、文中に宮城野の萩があるほか、芭蕉に三句、曾良に一句がある。〉という指摘がある。従って『奥の細道』において〈花〉を〈桜〉でなく〈萩〉とすればほぼ全てが網羅されている。〈月〉と〈花(萩)〉は〈一家に遊女もねたり萩と月〉にある。〈神祇〉は〈伊勢参宮〉であり〈釈教〉は〈大慈、結縁〉である。〈無常〉は〈日々の業因、いかにつたなし〉・〈哀さしばらくやまざりけらし〉に含まれるであろう。〈恋〉は〈定めなき契〉を見ても分かるし何よりも〈一家に遊女もねたり萩と月〉こそ恋の句なのである。

更に加えればこの場面はひとときの安堵の場面ということである。来し方は〈北国一の難所を越て〉きたのであり、行く先は〈行衛しらぬ旅路のうさ、あまり覚束なう悲しく侍れば〉と二人の遊女は不安に思うのである。

一家に遊女もねたり萩と月

この一句における〈遊女〉について具体的に考察を加えてみたい。一体芭蕉の時代において〈遊女〉はどのような社会的存在であったのだろうか。又芭蕉の文学空間において〈遊女〉はどのようなイメージでありどのようなありようで文学に組み入れられていたのだろうか。幸運なことに芭蕉は連句において、恋の句の名人であったのでこうした〈遊女〉についての知見が部分的であるが分るのだ。

芸者をとむる名月の関　桐葉
面白の遊女の秋の夜すがらや　芭蕉

貞享二年三月、『野ざらし紀行』の旅にあった芭蕉が、熱田に行って土地の門人、叩端・桐葉の二人と巻いた三吟歌仙。発句は「何とはなしに何やら床《ゆか》し菫草　芭蕉」。

これから恋の付合を鑑賞して行くにあたって、その基礎になるのは、前句（ここでは桐葉の句）と付合（ここでは芭蕉の句）とがどのような関係で結びついているか、その関係を明らかにすることで、これを付心《つけごころ》という。また、両句の付け具合がうまくいっているか否か、余情が通い合っているかどうか、その判定を付味《つけあじ》という。以下、芭蕉の恋句が、前句とどのような関係にあり、その効果はどうか。この付心と付味の吟味を基礎として鑑賞して行くことにしよう。また、俳諧をいかに理解しているかは、現代語訳に端的にあらわれる。もっとも、微妙な用語の語感や余情は現代語に言いかえられないものが多く、むしろ、それが芭蕉俳諧の味であることはよく分かっているが、鑑賞の基礎となる理解の程度を明示して、読者に対して責任をとる意味で、あえて現代語訳をつけて行きたいと思う。

〔現代語訳〕名月の夜、ある関所で通りかかった芸人を泊めて、月見の宴を催したが、その時、遊女の芸のおもしろさに、興は一晩中尽きなかった。

〔付心〕前句の「芸者をとむる」関の人に対して、芸を披露した遊女、この二つが向い合っている。このような付けを「向付《むかいづけ》」というのである。

ここでちょっと説明しておかねばならないのは、芸者という言葉である。これが今日のいわゆる芸妓でないことは、いうまでもないところであろう。ここでは中世以来用いられているように遊芸の達者の意で、たとえば、能太夫・連歌師・狂言役者・俳諧師・音曲師・曲芸師などがすべて包括される。この語がすぐ芸妓（舞踊・音曲などで、酒宴に興を添えるのを業とする女性）を指すようになったのは、江戸中期以後のことと言われる。

また、遊女という言葉も、きわめて広い意味を持った言葉で、謡曲「卒都婆小町《そとばこまち》」には「いたはしやな。小町は、さもいにしへは遊女にて」とあり、お伽草子の『和泉式部』には、「中ごろ花の都にて、一条の院の御時、和泉式部と申して、やさしき遊女あり」と書かれていていてびっくりさせられるが、これが中世の頃の常識だったのだろう。

辞書によれば、歌舞により、人を楽しませ、また、枕席にも侍《はべ》った女の称とあるが、万葉時代には遊行女婦《うかれめ》、それから傀儡女《くぐつめ》、白拍子《しらびょうし》など、それぞれに歴史的変遷を重ねている。

江戸時代になって、吉原や島原・新町などの遊里にかかえられた女、あるいは各所にいた私娼などを総称するものとなり、今日でもこの意味で用いられることが最も多いけれども、この「面白の遊女の秋の夜すがらや」という表現は、古典的で謡曲調であるから、江戸時代の遊女を詠んだものとしてはふさわしくない。

ここでは、白拍子《しらびょうし》などを連想するのが最も適切であろう。白拍子とは平安末期から鎌倉時代にかけて流行した遊女で、はじめは水干《すいかん》・立烏帽子《たてえぼし》に白鞘巻《しろさやまき》の太刀をさして舞ったので男舞と言ったが、後には水干だけを用いたので白拍子と言われ、多くは今様《いまよう》をうたい、笛や鼓や銅鈸子《どびょうし》などではやしたのである。たまたま、関所で通行の芸人をとめて月見の宴をした時、その中に白拍子がいて、その芸が終夜一同を魅了したというわけであろう。

〔付味〕芭蕉の付句は、桐葉の前句の情景をただ感嘆しているだけである。もともと、前句と付句とが一つになって新しい世界・場面を創り出す。それが俳諧であるけれども、この二つの句の間には、殆ど新しい発展や展開はなく、いわば全く同じ境地に止まっており、二つの句の間に、読者の想像の入りこむ余地が見出されない。だから、この付句はいわば付け過ぎと評してよいほど、ぴったり前句にくっ付いている。このような付句はあまり感心できないけれども、全体に謡曲的な句調などとともに『冬の日』前後の余風が見られ、古い付け方がまだ残っていたのである。

〔補説〕石兮の『評注』は文化十二年（一八一五）に出版されたものであるが、それによれば、「真《まこと》の遊冶郎《いうやらう》にはあらで、風流のたはれ人のしわざなるべし」と評している。遊冶郎とは酒色におぼれ道楽にふける男をいう。芸者をとめて月見をした男が酒色に耽溺して身持ちの悪い道楽者ではなく、本当に風流の心の分かった人の所為だというのであろう。これは首肯できるところである。すくなくも、関を通る芸者をとめるほどの力があり、また風流も解する人とすれば、地方の豪族か国守クラスの人でなければなるまい。このようなことが、昔の物語か何かにあったのかも知れない。たとえば、浄瑠璃『十二段草子』で矢矧《やはぎ》の長者の娘浄瑠璃御前《じょうるりごぜん》と旅の御曹司が管弦の遊びをする。それは遊女の芸ではないけれども、何かそのような面影《おもかげ》も感じられる。ともかく、近世的な遊冶郎の世界ではなくて、中世的な風雅の世界なのである。

この句の鑑賞はこれで終るが、次の付句がまた恋句であり、艶な景を描いているので、次に紹介しておく。

面白の遊女の秋の夜すがらや　芭蕉
燈《ともしび》風をしのぶ紅粉《べに》皿《ざら》　叩端

「風をしのぶ」とは、風に吹かれて消えようとして消えずにいる燈である。風にゆらめく燈に皿の紅粉が笹色にきらめいている遊女の部屋。まことに凄艶な光景である。このように前句の場所を見定めて付けるのを「其場《そのば》」の付けという。

（東明雅『芭蕉の恋句』岩波書店　一九九三年　七七頁〜八一頁）

東明雅著の『芭蕉の恋句』（岩波書店）を資料にして芭蕉における〈遊女〉をみてゆきたい。

貞享二年三月に芭蕉が熱田において、叩端・桐葉の二人と巻いた歌仙の中の作品が次のものである。

芸者をとむる名月の関　桐葉
面白の遊女の秋の夜すがらや　芭蕉

東明雅はこの作品に関連して〈遊女という言葉も、きわめて広い意味を持った言葉で、謡曲「卒都婆小町」には「いたはしやな。小町は、さもいにしへは遊女にて」とあり、お伽草子の『和泉式部』には、「中ごろ花の都にて、一条の院の御時、和泉式部と申して、やさしき遊女あり」と書かれていてびっくりさせられるが、これが中世の頃の常識だったのだろう。〉と述べているところが注目される。つまり中世にあっては小町も和泉式部も〈遊女〉の範囲に加えられていたのだろう。〈遊女〉は万葉時代には遊行女婦《うかれめ》・傀儡女《くぐつめ》・白拍子《しらびょうし》等と呼ばれていたものだった。江戸時代になって遊里にかかえられた女・私娼等の総称となったものであろうと東明雅は指摘している。東明雅は「面白の遊女の秋の夜すがらや」における〈遊女〉は古典的・謡曲調のため江戸時代の〈遊女〉としてふさわしくないのであって、平安末期から鎌倉時代に流行した〈遊女〉である白拍子のイメージであろうとしている。この作品は近世的な道楽を好む男ではなく中世的な風雅の世界なのである。

餅二《ふた》かさねにしそふ帯　挙白
吉原の土手に子日《ねのひ》の松ひかん　芭蕉

貞享四年冬の作品。吉野の花見に行く芭蕉を送る餞別吟であるが歌仙として満尾せず十句までで終っている。連衆は挙白・芭蕉・渓石・コ斎・キ角・トチ・嵐雪。発句は「時雨《しぐれ》〳〵に鎰《かぎ》かり置《おか》ん草の庵《いほ》　挙白」。

〔現代語訳〕吉原の太夫を根引きしてわが妻とすることになった。その祝いの餅の二かさねに帯。これで女との縁もますます深くなることだろう。

まず「子日《ねのひ》の松」というのは、平安時代、正月の初子の日に、貴族たちが狩衣《かりぎぬ》を着て野辺に出て、小松を引いて千代を祝い、若菜を摘んで歌宴を催したりしたものである。だが、近世に入ってから、この語は俳諧の季語としては残っていたが、実際に野に小松を引きに行くことはなくなっていたようである。

また、吉原の土手というのは、江戸の遊里新吉原の北にある荒川の堤防で、俗に日本堤と言われるところ。元和六年（一六二〇）につくられ、新吉原通いの道として利用されたところで、優雅な子日の遊びなど行なわれるところではない。

吉原の松ということは、実は吉原の太夫職の遊女をいう。近世期の遊女には太夫・天神・鹿恋《かこい》というような位があって、最上級の位の太夫を松、次の天神を梅、鹿恋を鹿と称した。そして、「子日《ねのひ》の松ひかん」というのはその名ある太夫を根引き（身うけ）して、わが物にしようというのである。

〔付心〕前句の餅（新婚三日目にあたる夜餅をたべる習俗）も帯も嫁取の祝い物である。もちろん、これには人情はない。そしてこの二つのものから、太夫根引きという人事を思いついて付けたのである。このような付け方を「起情」の句という。

石兮の『評注』には、「前句はにひ枕の夜に餅を用ゆる事、『源氏物語』などにもある俤《おもかげ》にて、何まれかまれえにし定まりたるいはひなるべし。後句は吉原の遊女の、いはひ事にとりなしたり」とある。『源氏物語』の俤とは、光源氏と紫上の新枕の段（「葵」の巻）である。また、遊女の祝い事とはおぼろげに言ってあるが、彼女たちの最も祝うべきことは、やはりよい人に身うけされることであろう。

〔付味〕前句も祝いのめでたい気分があり、付句も子日の松といい、太夫身うけといいおめでたいことである。一応めでたい明るい気分が両方にあることは認めるけれども、もともと心付的なものであるから、取りたてて余情を云々《うんぬん》するほどのものではない。

〔補説〕この付合を取り上げたのは談林調時代の芭蕉ならいざしらず、貞享四年の頃になっても、このように、吉原とか、太夫の根引きとかを芭蕉が俳諧に取り上げ恋句としていたことを知ってもらいたいためである。このような句は彼の発句には全くあらわれぬところなので、珍しく思われる方も多いであろう。芭蕉はこのような遊里のことなどをふくめ、社会のあらゆる面に精通していたようで、それは彼が俳諧師として大成した要素の一つでもあったのである。

（『芭蕉の恋句』一〇一頁〜一〇三頁）

餅二《ふた》かさねえにしそふ帯　挙白
吉原の土手に子日《ねのひ》の松ひかん　芭蕉

貞享四年冬に吉野の花見に行く芭蕉を送る時の吟である。歌仙として満尾せず十句までで終わっている作品。連衆は挙白・芭蕉等七名である。〈吉原の松〉は実は吉原の太夫職の〈遊女〉をいうそうである。〈近世期の遊女には太夫・天神・鹿恋《かこい》というような位があって、最上級の位の太夫を松、次の天神を梅、鹿恋を鹿と称した。〉と東明雅は述べていて、三つの階級があったことが分る。この部分は石兮によれば〈餅二かさねえにしそふ帯〉は『源氏物語』の「葵」の巻における光源氏と紫上の新枕の段のアリュージョンであり、後句〈吉原の土手に子日の松ひかん〉は吉原の遊女のいわい事としたものであるという。

〈遊女〉の祝い事とはよい人に身うけされることであろうと東明雅は結論づけるのである。吉原の〈遊女〉には太夫・天神・鹿恋という序列があったのである。

遊女四五人田舎《ゐなか》わたらひ　曾良
落書に恋しき君が名も有《あり》て　芭蕉

元禄二年七月末、曾良と加賀の北枝をつれて、芭蕉は山中温泉に行き、八月初めまで滞在した。

ここで腹を病む曾良は芭蕉と別れ、伊勢長島に直行することになったので、その餞別の意味で巻いた歌仙。前半は三吟であるが、後半は芭蕉と北枝の両吟になる。「山中三吟」または「燕歌仙」と言われ、芭蕉自身の評語が付いているので有名な一巻である。発句は「馬かりて燕追行《おひゆく》わかれかな　北枝」。

〔現代語訳〕田舎をめぐり歩いて渡世する四五人の遊女が、泊った宿の落書の中に、ふとなつかしい人と同じ名があるのを見つけたことであった。

〔付心〕人情他の前句に対して、付句はその遊女たちの泊った宿の落書をもって付けている。遊女たちの居る場所を描写した句であるから、「其場」の付けである。もちろん、恋人の名を発見した遊女たちは、それにさまざまの反応を示したであろう。しかし、それら一切を読者の想像に委《ゆだ》ね、句の表面にはただ落書があったことだけを付ける。これが俳諧であり、芭蕉の付句の歯切れがよく余韻の深いところである。

〔付味〕遊女の身の哀れさはもちろんであるが、それも「田舎わたらひ」となると、その哀切さは格別で、いかにも昔は都あたりの女だったらしく思われ、「恋しき君」も都にいた若い頃の恋人らしく思われる。今さら恋人の名の落書があったとて、別にどうなるわけでもないのに、やはり嬉しく懐《なつか》しく思うのは、他に希望とても持つことのない流れの女の身の上からなのであろうか。「君が名も有《あり》て」と客観的に突き放して述べているところに、かえってこのような境遇の女性の哀れさが偲《しの》ばれる。余情の種類から言えば、やはり「匂い」の付けであろう。

〔補説〕『奥の細道』の本文によると、芭蕉と曾良の二人は、加賀の国に入る前、越後の市振《いちぶり》の宿で、新潟の遊女たちと同じ宿に泊りあわせ、伊勢参宮する彼女たちから同行してくれと頼まれた。これに対して芭蕉は、「不便《ふびん》なことではあるが、我々は所々でとどまることが多く、同行できぬ。だから、旅人の行く方へついて行きなされ。神様の御加護により必ず無事に行けるであろう」と言いすてて宿を立ち出でたが、哀れさをしばらく忘れることができなかったと書き、

　一《ひとつ》家《や》に遊女もねたり萩と月

という一句を録している。これは『奥の細道』の中でも特に有名な一段である。もっとも、この市振《いちぶり》の遊女の段は、芭蕉の虚構であって、『奥の細道』一巻の中に、いわば恋の座を入れるために書いたのだという説があり、私もその説に賛成である。だから、市振《いちぶり》の遊女と、この「馬かりて」歌仙の田舎わたらいの遊女とを直接に結び付けることは避けねばならないけれども、おそらく越後路のどこかで芭蕉は遊行女婦《うかれめ》の一むれに逢ったのではないかと私は考えている。そしてその印象が紀行文に、また歌仙に表われたのであろう。

もちろん、遊女を恋句の題材に取り上げることは、古い貞門時代からのことであり、芭蕉も天和三年（一六八三）の『虚栗《みなしぐり》』の跋文に、「恋の情つくし得たり。昔は西施《せいし》がふり袖の顔《カンバセ》、黄金ハ鋳ル二小紫ヲ一、上陽人の閨《ねや》の中には、衣桁《いかう》に蔦《つた》のかゝるまで也。下の品には眉ごもり親ぞひの娘、娶姑《ヨメシウトメ》のたけき争ひをあつかふ。寺の児《ちご》、歌舞の若衆の情をも捨《すて》ず」と述べているが、その実作を見ると、貞享元

年（一六八四）の『冬の日』「つゝみかねて」の巻の、

雪の狂《きやう》呉の国の笠めづらしき　荷兮
襟《えり》に高雄が片袖をとく　芭蕉

貞享二年の「何とはなしに」の巻の、

芸者をとむる名月の関　桐葉
面白の遊女の秋の夜すがらや　芭蕉

などに見られるような、やや、表面的な、概念的なものばかりであった。それが、この「落書に」の句によって、芭蕉ははじめて遊女の恋の真情を尽《つ》くし得たと言いうる。

（『芭蕉の恋句』一三九頁～一四一頁）

遊女四五人田舎《ゐなか》わたらひ　曾良
落書に恋しき君が名も有《あり》て　芭蕉

元禄二年七月末に芭蕉が曾良と北枝をつれて山中温泉に行き八月初めまで滞在したときの歌仙である。途中曾良は芭蕉と別れて伊勢長島に直行したので、後半は芭蕉と北枝の両吟となっている。元禄二年の『山中三吟評語』によれば〈役者四五人田舎わたらひ〉の〈役者〉を〈遊女〉と直し、〈こしばりに恋しき君が名もありて〉の〈こしばり〉を〈落書〉に直している。東明雅は〈一家に遊女もねたり萩と月〉と〈遊女四五人田舎わたらひ〉の二作品は場所や時期が似ているので、直接的関連は避けなければならないが、芭蕉は越後路で遊行女婦《うかれめ》の一行に出会いその印象が紀行文と歌仙にあらわれたものであろうと推測している。東明雅は〈遊女〉を恋句に取り上げることは古い貞門時代から行われていたものであるが、それ迄の作品は表面的・概念的であったが「落書に」に至り〈遊女〉の恋の真情を尽くし得たと結論づけていることが注目される。

芭蕉の恋句にでてくる〈遊女〉の三つのパターンをこれまで見てきた。『源氏物語』のイメージの尾を引く中世のみやびの〈遊女〉、吉原の太夫としての〈遊女〉、地方の田舎を渡り歩く〈遊女〉の三者の〈遊女〉である。市振の文脈では吉原の太夫のイメージはそぐわず、田舎わたらいの〈遊女〉に中世のみやびの〈遊女〉を象徴させたものと私は考える。

一家《ひとつや》に遊女もねたり萩と月　（奥の細道）

七月十二日、市振《いちぶり》での作とされている。その作られた事情は、『奥の細道』の本文にあるが、そこに「曾良にかたれば書《かき》とゞめ侍る」と記してあるのに、曾良の『書留』にはまったく書いてないのである。従って、紀行のこの記事は、物語的興味を盛るための虚構の疑いが強い。だが虚構としても、越後路の何処かで田舎わたらいをする遊行女婦に行き逢った経験はあったようだ。そして紀行文全體を一巻の連句と見立てて、ここらに戀の座を持って来て、變化をつけたものと思われる。

同じ家に遊女と同宿するようになった奇縁に打興じている句である。おそらく西行法師の江口の故事が頭にあっただろう。俄雨にあって江口に宿を借りようとすると、女主が貸してくれないので、「世のなかを厭《いと》ふまでこそかたからめ假の宿りを惜しむ君かな」と歌を詠んだ。そこで女主（遊女妙）の返歌「世をいとふ人としきけばかりの宿に心とむなと思ふばかりぞ」。（新古今集）この物語は『撰集抄』にも書かれ、謡曲『江口』にも作られている。その故事を下敷にして、この句が発想されているのである。そして、「一家」は同じ家という意味ながら、謡曲『江口』の諸國一見の僧が尋ねた江口の君の舊跡が「宇殿の蘆のほの見えし、松の煙の浪よする」さびれた野中であることが重なって、野中の一軒家という幻想的なイメージをうち重ねる。現實の「ヒトツイエ」に、幻想の「ヒトツヤ」が二重映しとなり、さらに観想の「假の宿」という意味を、三重に重ねてくる。「萩と月」とは、その幻想の一軒家の面影であるとともに、艶なる人と風雅の世捨人とを匂わせてくる。實と虚の入りまじった句柄である。

（山本健吉『芭蕉全発句　下巻』河出書房新社　一九七四年　六一頁）

『諸注評釈　新芭蕉俳句大成』（堀切実・田中善信・佐藤勝明編　明治書院　八六一頁〜八六四頁）によればこの作品の背景として三つの古典的イメージが存在するようだ。第一は西行法師をモデルにした僧と遊女の歌問答がでる『撰集抄』「江口遊女の事」やそれを元にした謡曲『江口』を指摘する注釈が多いとのことである。第二は善光寺参りを志す遊女が、市振に近い上路《あげろ》で泊まった宿が、山姥の住みかであったという謡曲『山姥』を踏まえているという説もあると指摘している。第三は楠元六男説の〈七夕伝説〉こそが最も注目されるべきというものが紹介されている。引用は山本健吉の解釈で、山本健吉はこの作品の背景は『撰集抄』「江口遊女の事」及び謡曲『江口』であると断定している。山本健吉の解釈により本稿の論旨の頂上は極まることになる。〈鎌倉時代の仏教説話集。九巻。霊験や遁世者・往生者の物語、寺院縁起などを収める。西行に仮託の書（『広辞苑』・第六版）〉というのが『撰集抄』である。従ってこの解釈により〈芭蕉〉から〈撰集抄（謡曲『江口』）〉を経て〈華厳経〉という文学的・宗教的な脈絡が発生することになろう。〈一家〉の作品と『撰集抄』に関する最近の論考としては栗田勇の『芭蕉（下）』（祥伝社　二〇一七年　三六六頁〜三七六頁）が出色のものであると思う。

山本健吉の説明では〈一家《ひとつや》〉の句は同じ家に遊女と同宿する奇縁に関心を持った作品と考えている。『撰集抄』にある西行法師の江口の故事が背景にあったとする。西行が俄雨で江口に宿を借りられなかった事の問答が和歌の形式をとっている。〈世のなかを厭ふまでこそかたからめ假の宿りを惜しむ君かな〉と西行は詠んだ。この和歌は『山家集』雑にあり、〈天王寺へまうで侍りしに、にはかに雨ふりければ、江口にやどをかりけるに、かし侍らざりければよみ侍りける〉の詞書をともなっている。歌意は、この世の中を仮の宿と考えて世を捨てるということまではむずかしいであろうが、この一夜の宿をも惜しむとは、あなたはなさけない方である、というものである。

江口の女主の返歌（新古今集）は〈世をいとふ人としきけばかりの宿に心とむなと思ふばかりぞ〉は初句〈いへを出づる〉となっていて『山家集』にもあり作者名がないという。この返歌の歌意は、あなたは世を厭って出家した人であると聞くので、このような憂き世の仮の宿にお心をとめなさるなと考えただけであって、別に宿を惜しんだのでない、というものである。

いずれにしてもこの問答歌より分かるように西行法師が一夜の宿をたのんだことに

対し、江口の主（江口の君）はそれをことわったのである。この物語は『撰集抄』にあり謡曲『江口』にも作られており、謡曲『江口』の前半部における柱のような重要性をこの問答歌はもっている。山本健吉は〈一家に〉の作品はこの故事を下敷にしていると断定する。謡曲『江口』の江口の君の旧跡が野中の一軒家というイメージが〈一家に〉の作品に重ねられて、現実の〈ヒトツイエ（一家）〉と幻想の〈ヒトツヤ（一家）〉と観想の〈假の宿〉という意味が三重のイメージを帯びてくると山本健吉は主張する。更に〈萩と月〉は〈幻想の一軒家の面影〉であるとともに〈艶なる人〉（即ち遊女）と風雅の世捨人（即ち芭蕉であり西行）とを匂わせ、実と虚の入りまじった作品であると山本健吉は考えるのである。

旅の僧が従僧を伴って江口の里に着き、この所の者に尋ねて江口の君の古跡を知り、ここで西行法師の詠んだ歌を思い起こして、感慨にふける。

旅僧従僧「世を捨てた今の身の友である月、その月が俗世のときからの友であるとすれば、月が在俗の昔からの友であるのなら、俗を離れた世界とはどこであろうぞ。依然として自分は俗世に関係をもっていることになる。

旅僧「わたくしは諸国をめぐり歩く僧であります。まだ津《つ》の国の天王寺《てんのうじ》に参りませんので、このたび思い立って天王寺に参ろうと思います。

旅僧従僧「都をまだ夜の深いうちに旅立って、まだ夜明けに間のあるころに旅立ちをして、淀《よど》よりの川舟の行く先は、鵜殿《うどの》のあたりで夜も明け初めて、蘆《あし》の穂がほのかに見え、霞《かす》んでうっすらと見える松に、もやのように煙った波の寄せている、江口の里に着いた、江口の里に到着した。

旅僧「急ぎましたので、もはや江口の里に着きました。この所で江口の長《ちょう》の古跡を尋ねようと思います。

従僧「それがよいだろうと存じます。

旅僧「この所の人がおいでであリますか。

所の者「この所の者とお尋ねになるのは、どのようなご用でありますか。

旅僧「わたくしは都の方面から出て来た僧であります。この所で、江口の長の古跡を教えてくださいませ。

所の者「はい、あそこに見えているのが江口の長の古跡であります。あちらへおいでになって、心静かにごらんください。

旅僧「ご親切に教えてくださって満足いたします。それではあちらへ参り、心静かに拝見しようと思います。

所の者「ご用のことがありますなら、重ねておっしゃってください。

旅僧「お頼み申しましょう。

所の者「承知いたしました。

（小山弘志他校注・訳『謡曲集㈠』小学館　一九七三年　二六一頁〜二六二頁）

ワキ
ワキツレ〽〈次第〉月は昔の友ならば、月は昔の友ならば、世の外いづくならまし。

ワキ「〈名ノリ〉これは諸国一見の僧にて候。われいまだ津の国天王寺に参らず候ふほどに、このたび思ひ立ち天王寺に参らばやと思ひ候。

ワキ
ワキツレ〽〈上歌〉都をば、まだ夜深きに旅立ちて、まだ夜深きに旅立ちて、淀の川舟行末は、鵜殿の蘆のほの見えし、松の煙の波寄する。江口の里に着きにけり、江口の里に着きにけり。

ワキ「〈着キゼリフ〉急ぎ候ふほどに、これははや江口の里に着きて候。この所にて江口の長の旧跡を尋ねうずるにて候。

ワキツレ「もつともにて候。（地謡座前に行き、着座する）

ワキ「（常座で）所の人のわたり候ふか。

アイ「所の者とお尋ねは、いかやうなる御用にて候ふぞ。

ワキ「これは都方より出でたる僧にて候。この所において、江口の長の旧跡を教へて賜り候へ。

アイ「さん候あれに見えたるが江口の長の旧跡にて候。あれへ御出であつて、心静かに御一見候へ。

ワキ「ねんごろに御教へ祝着申して候。さあらばあれへ立ち越え、心静かに一見申さうずるにて候。

アイ「御用のこと候はば重ねて仰せ候へ。

ワキ「頼み候ふべし。

アイ「心得申して候。（狂言座に退く）

（『謡曲集㈠』二六一頁〜二六二頁）

〈一家に遊女もねたり萩と月〉の山本健吉の解釈は引用の謡曲『江口』にも投影されている。引用は『江口』の冒頭部分であるが、この作品は旅の僧が江口の里を訪れ西行法師を偲ぶことから始まるのである。その始まりのきっかけが〈月〉なのである。〈月は昔の友ならば、世の外いづくならまし〉が『江口』のきっかけを作っている。ひるがえって考えれば〈月〉は〈芭蕉〉であり〈西行〉でもあり『江口』の旅僧でもあろう。〈月〉の象徴は古今東西共通で〈崇高な存在〉を示す。ところが〈月〉は〈芭蕉〉・〈西行〉・〈『江口』の旅僧〉の三者にとっては〈崇高な存在〉であるとともに、〈俗世間〉と〈出世間〉にまたがる共通の存在証明とでも呼べる存在なのである。ここに〈月〉の二面性を読み取ることができる。『江口』に即して考えるならば旅僧にとっては昔の俗世間の〈月〉も今の出世間の〈月〉も同じ変らぬ〈月〉なのである。〈月〉

は俗世間との唯一のかかわりなのかも知れないのだ。ここで現代における宗教の二つの課題を読みとることができる。西欧近代では〈神は心の中にいる〉と考えて、内面性というロマンの暴走を引き起こしたのである。これは絶対者の外在を否定した上での暴走であった。ポストモダンの行詰りである。もう一つは絶対者の外在性を担保した上で現実の俗事に取り組みつづけることである。〈旅僧〉と〈月〉の関係性はこの二つの解決策を提供しているように思われる。

地(江口の君)謡　「執着しなければ、この世も憂き世ではあるまい。
江口の君　「人を慕うこともあるまいし、
地(江口の君)謡　「人を夕暮れに待つこともなく、
江口の君　「したがって人との別れの悲しさもない。
地(江口の君)謡　「花よ紅葉よ、月よ雪よと心を動かすことも、またあの歌の　やりとりだって、ああ所詮はつまらぬこと。
江口の君　「思えばこの世は仮の宿、
地(江口の君)謡　「よくよく思えばこの世は仮の宿、この仮の宿に心を留めるなと、人にさえも諫《いさ》めたわたくしである、もはやこれまでである、帰る、と言って、立つやいなやその姿はたちまち普賢菩薩となり、舟は白象と変じて、一面の光の中に白雲に乗って、西方浄土の空へと立ち去って行かれる、そのお姿はありがたく思われる、まことにありがたいことである。

（『謡曲集㈠』二七〇頁）

地謡〽心留めずは、憂き世もあらじ（中央へ出る）

シテ〽人をも慕はじ、

地謡〽待つ暮もなく（角《すみ》へ行き扇をかざす）

シテ〽別れ路《じ》も嵐《あらし》吹く（見あげる）、

地謡〽花よ紅葉《もみじ》よ（中央に行く）、月雪《つきゆき》の古言《ふること》も、あらよしなや（両手を打ち合わせる）。

シテ〽思へば仮の宿、

地謡〽思へば仮の宿に（足拍子を踏む）、心留《と》むなと人をだに（ワキへ向いて出る）、諫《いさ》めしおれなり（膝をつく）、これまでなりや帰るとて（面を伏せて立つ）、すなはち普賢、菩薩とあらはれ（ユウケン扇をする）、舟は白象《びゃくざう》となりつつ（角へ行く）、光とともに白妙の（脇座前へ行き扇をつまみ持つ）、白雲に　うち乗りて（中央へ出て足拍子を踏む）、西の空に行き給《たま》ふ、ありがたくぞ覚ゆる、ありがたくこそは覚ゆれ（常座で留拍子を踏む）。

（『謡曲集㈠』二七〇頁）

右の引用は『江口』の最終部である。結論は遊女の象徴である江口の君が普賢菩薩となるというものだが、ここで『奥の細道』と『江口』との間に存在する相互関係性について考えてみたい。まず〈月〉に関してである。『江口』の冒頭での〈月は昔の友〉という個所で両者の〈月〉に言及したが、『江口』の中間部に江口の君の言葉として〈月は昔に変らめや〉がでてくる。この言葉は在原業平の〈月やあらぬ春やむかしの春ならぬ我身ひとつはもとの身にして（『古今集』・恋五　在原業平『伊勢物語四』）〉にもとづくものである。意味は〈月は昔のままで今と変っていない〉というものである。旅僧が江口の遊女は遠い昔のことであったと述べたことに対しての言葉である。冒頭では旅僧の身が〈俗世間〉と〈出世間〉の変化をしたにもかかわらず〈月〉の不変を述べたものである。ここでは旅僧が現在というものが遠い過去になったという常識的時間の変化を述べるのに対し、現在は変らず現在であると〈月〉の不変をもちだして江口の君は主張するのである。『江口』では身分の変化と時間の変化の双方における変化に対して不変なるものとしての〈月〉が存在するのだ。〈一家に遊女もねたり萩と月〉では〈月〉自体がでてくるので共通性はこれに尽きるが、更に〈萩〉について考えてみたい。〈萩〉は『類語辞典（広田栄太郎・東京堂・一九六〇年）』によれば別名〈月見草（つきみぐさ）〉とも呼ばれ『花と樹の大事典（木村陽二郎・柏書房・一九九六年）』によれば別名〈十五夜花（じゅうごやばな）〉とも呼ばれている。つまり〈萩〉

は〈月見草〉・〈十五夜花〉という別名からも〈月〉との深い関係が分る。『奥の細道』では植物の花で最もよくでてくるものが他ならぬ〈萩〉なのである。『奥の細道』が櫻の時期ではないのでそうなるわけであろうが、私はいわゆる連句でいわれる〈花の定座〉にあたる櫻の代わりに〈萩〉をその役割にあてたものと推測する。『万葉集（巻十・二一〇三）』には〈秋風は涼しくなりぬ馬並めていざ野に行かな芽木が花見に〉という作品を発見できる。『万葉集』では〈芽木〉と書いて〈ハギ〉と読ませているようだ。この和歌に即して言えばここでの〈お花見〉は〈櫻〉でなくて〈萩〉なのである。このように考えると〈萩と月〉はトートロジー（tautology）という類語反復と考えられて〈月〉の印象を強調しているのだ。強調といえば遊女のでてくる前後が大変厳しい場所であることが強調されているのも指摘できよう。遊女の出会いの直前は〈今日は（中略）北国一の難所を越てつかれ侍れば〉と述べ難所越えを強調する。一方で遊女の部分の直後で〈是より五里、いそ伝ひして、むかふの山陰にいり、蜑の苫ぶきかすかなれば、蘆の一夜の宿かすものあるまじと、いひをどされて、かがの国に入る〉と書かれている。この部分では古歌に名高い担籠《たこ》の藤を秋ではあるが見に行こうとするが、道をたずねた人にその厳しさを聞いて担籠へ行くのを断念して加賀の国へ向ったのである。おどし文句となった〈蜑の苫ぶきかすかなれば、蘆の一夜の宿かすものあるまじ〉の文言は『江口』の〈淀の川舟行末は、鵜殿の蘆のほの見えし、松の煙の波寄する。江口の里に着きにけり、〉の個所とイメージの上で奇妙な一致を見るのである。つまり荒涼とさびれはてた江口の君の旧跡を『奥の細道』にあてはめるのである。こうしたイメージの一致なども〈一家に遊女もねたり萩と月〉と『江口』との関係性の強化になるであろう。芭蕉はこの個所において連句でいう〈面影付〉という手法を用いているのだ。最後に芭蕉の遊女と西行の江口の君との間に〈拒否性〉という問題が残る。つまり西行は江口の君に一夜の宿りを拒否されるが、芭蕉は遊女に同行をたのまれるが拒否するのである。拒否する側と拒否される側の立ち場は西行と芭蕉では正反対になるのであるが〈拒否性〉では一致をみるのだ。

さてこれまで芭蕉における〈遊女〉について芭蕉の連句作品を通じてまず考察を試みた。二番目に〈一家に遊女もねたり萩と月〉と謡曲『江口』との関係を考察してきた。三番目に『江口』と華厳経との影響を吟味してゆく。『江口』は『撰集抄』の西行と江口に題材を取っているが、本質的には華厳経の思想が核になっているのだ。本稿ではこの仮説を『江口』における〈遊女〉・〈菩薩〉・〈変身〉の三つのキーワードに着目して華厳経の影響を検証してゆきたい。

まず〈菩薩〉について考えてみる。平岡聡は『菩薩とはなにか』〈春秋社・二〇二〇年〉において〈日本仏教の主流は大乗仏教であり、その大乗仏教の主要な要素は「菩薩思想」だ〉と述べている。この論理に従えば菩薩思想は日本仏教において極めて大きな意義を有しているといえよう。私は〈菩薩〉はある意味で利他主義であり、誤解を恐れずに言ってしまえばフランス革命の〈自由〉・〈平等〉・〈博愛〉という三つのキーワードにおける〈博愛〉を受けもつ思想が菩薩思想ではないかと考えている。二十一世紀の〈自由〉・〈平等〉の理念の暴走により修復不可能な世界の亀裂は〈博愛〉の消滅によってもたらされたことを考えれば、菩薩思想の意義は小さくないものであろう。

鎌倉仏教の新たな担い手とは別に、旧仏教側でも教団の腐敗を正し、かつ新仏教を批判して、旧仏教の復興に努めたのが貞慶《じょうけい》や高弁《こうべん》である。（中略）貞慶は「弥勒はブッダから末法の世の人々の救済を委ねられている」と説き、阿弥陀仏信仰とは違う弥勒信仰の意義を強調した。こうして「釈迦弥勒一体」という考え方が誕生する。だが、自力的な弥勒信仰では、貴族社会や旧仏教界の支持は得られても、法然等の新仏教に対抗する上でもっとも必要な民間での展開を充分には果たしえなかった。

弥勒信仰で興味深いのは、中国と同様に、それが社会変革と結びつき、「世直し」的な行動を誘発したことだ。とくに下生信仰は遠い未来の救済を説いてはいるが、強い現世信仰への転換の可能性を秘めている。弥勒が下生してこの世で仏となれば、この娑婆世界がそのまま浄土になるので、未来信仰としての下生信仰は一転して「現世の浄土」を実現する、もっとも現世的な信仰となる。こうして弥勒下生信仰は、未来の救済から現世の救済へと次第に変容していった。（中略）

古来より弥勒信仰が途絶えることなく継続されてきた理由を、立川［2015：202-203］はこう説明する。「結局、死後にしか救われないという阿弥陀信仰に対して、弥勒信仰がまったく消え去るということがなかったのは、弥勒には現世を救ってくれるほとけ、という期待が寄せられていたからである。思えば、弥勒があらゆる時代を生き抜いてきたのは、死後ではなく、今の世のなかをどうにかしてほしいという、人間の偽らざる願望に対応していたからではないか」と。弥勒信仰（現世）と阿弥陀信仰（来世）とは背中合わせで仏教シーンの中に生き続けてきたのである（立川［2015：198］）。

（『菩薩とはなにか』二一四頁〜二一五頁）

日本では鎌倉時代以降今日まで弥勒信仰は阿弥陀信仰と背中合わせで切れ目なく続いてきた歴史が述べられている。ここで弥勒とは弥勒菩薩のことであるから、菩薩思想が継続して存在していることが理解される。更に明治時代以降も、大本教・霊友会・ミロク教等の新興宗教でも弥勒信仰が説かれているそうである。法然等の阿弥陀信仰は新仏教と呼ばれ他力的であり来世の浄土を願うものである。一方の弥勒信仰は旧仏教であり自力的であり現世の浄土の実現を願うものである。引用の中から菩薩信仰が阿弥陀信仰によって消滅しなかった理由は現世を救ってくれるほとけへの期待があったということが考えられよう。即ち人間の願望としては、死後ではなくて、今の世の中をどうにかしてほしいということに弥勒信仰は対応していたということであろう。日本の菩薩思想は弥勒信仰の中に続いて来たことが分るが、そもそも菩薩は複数のものが存在しているのである。

日本の歴史上での菩薩思想の展開の一例として弥勒信仰について考えてきたが、華厳経における菩薩についての論考を試みることにする。華厳経の入法界品は五十三人の善知識と呼ばれる良き師又はすぐれた指導者を訪ねて、主人公善財童子が旅をするという話である。但しエピソードは五十五のものがある。この中で菩薩はかなり沢山登場する。

第一話　文殊菩薩
第二十八話　観自在菩薩
第二十九話　正趣菩薩
第五十二話　弥勒菩薩(一)
第五十三話　弥勒菩薩(二)
第五十四話　文殊菩薩

第五十五話　普賢菩薩

つまり五十五話の中で七話に菩薩が登場する。文殊菩薩と弥勒菩薩は二回登場するので五つの菩薩が登場することになる。それでは華厳経を代表する菩薩は誰かということになる。華厳学者によれば文殊菩薩と普賢菩薩の名があげられるのが常識的であるように思われる。

かようにして普賢の活動は、そのまま如来の活動である。しずかな秋月のように心を澄ませるのが文殊の働きとすれば、春光熙々《きき》として萬物を慈育するものが普賢の大行といわれよう。智は浄め慈愛は育てる。

このとき童子は静かに言っている。

「世界の微塵に等しい善知識に遇うよりも、百千萬倍勝れてこの普賢菩薩に遇った功徳利益が広大である」

かれは「普賢の行ずるところのもろもろの大願海を究竟《きわ》め、普賢と等しくもろもろの如来と等しき神をもっていっさいの世界に満たし、神通説法自在もまた等しいものになった」と経典に言ってある。

（山辺習学『華厳経の世界』世界聖典刊行協会　一九七五年　七四五頁）

右の引用の中で特に善財童子の言葉を重視するならば、普賢菩薩の功徳利益の広大を認識してしまう。つまり華厳経における菩薩の代表として普賢菩薩の名をあげざるを得ないと考えられるのだ。この結論において謡曲『江口』の〈すなはち普賢菩薩とあらはれ〉の文言が華厳経と結びつくものと断定して良いかと思うのである。普賢菩薩のキーワードが『江口』と華厳経においてイコールで結ばれたのだ。次に横たわる問題は〈変身〉ということである。華厳経入法界品の最終章にその解答を見ることができる。

普賢菩薩との出会い

弥勒菩薩はこのあと善財童子に、「善男子よ、御身いま往いて文殊師利に詣でて問うがよい、『菩薩は如何ようにして菩薩の行を学び、菩薩の道を修め、普賢の所行を具足し成就すべきであろうか』と」勧めます。善財が長い道のりを経て文殊師利菩薩（Manjusri）に会いにいき、普門城《ふもんじょう》のほとりで「どうしたらお目にかかって慈顔《じげん》を仰ぎまつることができるだろう」と一心に考えていますと、文殊菩薩が現れ、種々教誨《きょうかい》を垂れ、慰喩《いゆ》して歓喜踊躍せしめ無量の法門を成就させ、普賢の所行の道場のうちに入ることを得しめて、自らは姿を消してしまいます。

そこで善財童子が一心に普賢菩薩（Samantabhadra）にお会いしたいと念じていますと、数々の瑞相を見、ついに普賢菩薩にまみえます。

普賢菩薩は、如来の御前において蓮華蔵獅子座《れんげぞうししざ》に座り、一一《いちいち》の毛孔から無量の光明・香雲・華雲・仏国土・諸仏・諸菩薩等々を出すなどの不可思議なる自在神力を発揮されています。普賢菩薩は、自分の修してきた菩薩行の様子を語って聞かせ、善財童子に「御身かさねて我が清浄なる法身《ほっしん》を観ぜられよ」と促します。善財が見る普賢菩薩の様子は、次のように語られています。

そのとき善財は普賢菩薩の相好の肢節、およびもろもろの毛孔のうちに、不可説不可説の世界海の諸仏が充満して、一一の如来が不可説不可説の大菩薩衆をその眷属としたまえるのを拝みました。その一一の如来の世界海の所依は不同であり、形色もそれぞれ相違し、金剛囲山《こんごういせん》に大雲の弥覆せることも、仏が世間に現われて転じたもう法輪も、すべてこれらのことは一様ではありません。また普賢菩薩が十万の国土に一切世界微塵数の如来の化身を現じて衆生を教化し阿耨多羅《あのくたら》三藐三《さんみゃくさん》菩《ぼ》提心《だいしん》をおこさしめたもうのを拝みました。

このことを経て、善財童子はもはや普賢菩薩と同等の存在となるのです。

（竹村牧男『華厳とは何か』春秋社　二〇一七年　一三七頁〜一三八頁）

右の引用の最後の行〈善財童子はもはや普賢菩薩と同等の存在となる〉という個所に至り〈変身〉が成就することを知るのである。引用部分からは分りにくいが、森本公誠著の『善財童子　求道の旅』（朝日新聞社　一九九八年　一二五頁）に〈善財童子はついに普賢菩薩の行願海に達した。普賢菩薩と等しく（中略）大悲も不可思議なる解説の自在も、ことごとく相等しい域に達したのである。〉という文言はこのあたりの理解の助けになるかもしれない。善財童子とは生きとし生けるものの衆生の代表なのである。従って『江口』の遊女も善財童子の運命と変わることがないことを知れば〈変身〉においても『江口』と華厳経は共通であると知るであろう。そして普賢菩薩が華厳経のシンボルと考えられていたものと想像できるのである。

これまで芭蕉の遊女と『江口』の遊女と華厳経について私は延々と述べてきたが、このことについて全てを象徴する一枚の絵が存在する。勝川春章（一七四三―一七九二）の「見立江口《みたてえぐち》の君図《きみず》」である。勝川春章は現在では葛飾北斎の師として知られているが、当時は版画の役者絵から肉筆浮世絵・美人画までを極めてオールマイティーの人気絵師であった。『江口』では遊女と舟が普賢菩薩と白象に変身するが、「見立江口の君図」では美女と白象が描かれている。ここで注目すべきは西行法師と遊女江口の君の歌問答の物語が『撰集抄』に書かれ謡曲『江口』にも採用されていることもさることながら、江戸の人々は華厳経にまで思いいたらぬこととしても、苦しい眼前の世界を菩薩がどうにかしてくれるであろうという信仰を身近に持っていた証拠かもしれないということである。遊女の間に普賢菩薩信仰があったのだろうとさえ思われてくる。そうでなければ一般大衆の楽しんだ浮世絵のテーマとはなりえなかったであろう。さて本稿のテーマは〈遊女〉なのであるが、芭蕉の遊女と『江口』の遊女との深い関連を山本健吉説に従って考察し、そして直接的連関はないかもしれないが、華厳経にも〈遊女〉が登場している。

> 第三の反道行善知識は、二十六番目に登場する遊女ヴァスミトラーです。（中略）このヴァスミトラー女は、経典には華麗な宮宅に住む絶世の美女として描かれ、その身体から出す光に触れるものは「歓喜悦楽し、身心柔軟にして煩悩の熱を滅す」とされております。彼女は、遊女の理想態を示しているのです。
>
> さて、ヴァスミトラーは、善財童子の請いに応じて「欲望を離れた浄らかな真実の境地」（離欲実際清浄法門）を説き示すのですが、その内容がきわめて肉感的に表現されております。すなわち、

もしも天の神が私と会うときには、私は天女となる。もしも人が私と会うときには私は女となる。ないし、もしも鬼神が私と会うときには、私は鬼神の女、となる。〔その際、どの姿をとろうと、私の〕プロポーションはことさら美しく、光を発し、容姿はことにすぐれていて、比べるものがない。もしも愛欲にまとわれて私のもとへ来る人がいたら、私はその人のために教えを説いて愛欲から離れさせ、〈何ものにも執われない境地〉を得させましょう。私に出会う人は〈喜びの境地〉を得るでしょう。私と語る人は〈妙なる声の境地〉に入るでしょう。私の手をとる人は、〈あらゆる仏の世界を訪れる境地〉に入るでしょう。……私を抱く人は〈すべての生き物を摂《おさ》めとる境地〉を体得するでしょう。私に接吻する人は〈功徳の秘密の世界の境地〉に入るでしょう。

ここでは善財童子はもはや疑いを抱いてはおりません。かれはすなおによき人びとの勧めに従ってヴァスミトラーの教えを体得します。彼女の教えは、もちろん、愛欲の生活をそのまま肯定しているわけではありません。しかし、愛欲の海から逃れることのできない私たちにとって、愛欲の行為がそのままで浄化され、導きの手立てとなる道が実現されるならば、何とすばらしいことでしょうか。

（木村清孝『華厳経をよむ』日本放送出版協会　一九九七年　三二〇頁〜三二二頁）

華厳経の入法界品の二十六話に遊女ヴァスミトラー女（Vasumitrā）がでてくる。漢字で示すと婆須蜜多女《ばしゅみったじょ》である。善財童子は師子奮迅比丘尼から次に訪れる善知識は遊女であると聞き、戸惑いつつも出会いを果たす。この国は〈険難国〉と名付けられている。これまでも善知識のいる国土に名がつけられていたが、その名は善知識の特性を暗示するものである。〈険難国〉の暗示はこの国を訪れる旅行者が常に躓いたことをほのめかしている。この章では仏教と性愛の問題がテーマである。禅家ではこのテーマに関して〈婆子焼庵《ばししょうあん》〉という公案がある。婆子がひとりの修行僧の面倒を二十年間みて道心を試すために美人をつかわして誘惑させたところ、枯木寒巌のように無関心な態度をとったので修行僧を追い出し庵を焼いたというエピソードである。恐らく強い関心を抱いても追い出されたであろう。合格するにはその中間をゆかなければならないだろうが極めてむずかしいテーマである。ここのところを華厳経は見て見ぬふりはしないのである。婆須蜜多女は豪華な邸宅を構えていたことが述べられている。晩年の釈尊にアンバパーリという一流の遊女が帰依して広壮な邸宅をすべて釈尊に捧げたというエピソードが伝えられている。アンバパーリは後に出家して、修行者としては最高位の悟りを得る阿羅漢《あらかん》という地位に達した人物である。ちなみに〈遊女〉は梵語でバーガヴァティーというが〈尊き女性〉という意味である。漢訳では単に〈女人〉となっている。インドでは初期仏典からも知られるように古来〈遊女〉の社会的地位は高かったといわれる。日本でも最上位の遊女を太夫《たゆう》と呼び高い教養を持って尊重されていたことが知られている。

話を『江口』と華厳経にもどすと、『江口』の遊女と華厳経の遊女ヴァスミトラーの間には直接的関連はみられない。しかし恐らく遊女ヴァスミトラーのエピソードが間接的に『江口』の遊女に影響を与えていた事は想像できよう。なぜならば『江口』のもととなった『撰集抄』は鎌倉時代の仏教説話集でありそうした有名なエピソードを見逃すはずはないと考えられるのである。『江口』と華厳経における三つのキーワードである〈遊女〉・〈菩薩〉・〈変身〉の考察はここで終了する。

芭蕉と華厳経の類似は他にもあるので、いくつか紹介してみたい。

『華厳経』においては、具体的な事物や事象に関しても、時間に関しても、個々のものを決して孤立した実体的な存在とは捉えず、あらゆる存在が他のすべて、ないし全体と限りなくかかわりあい、通じあい、はたらきあい、含みあっているとされます。詩的に表現すれば、一滴の雫が大宇宙を宿し、一瞬の星のまたたきに永遠の時間が凝縮されている、というわけです。

このような見方は、すぐれた文学者や芸術家の美の世界の捉え方にもうかがえ

ます。たとえば、『奥の細道』で有名な俳人の松尾芭蕉は、立石寺《りっしゃくじ》を訪れたときに、

閑かさや岩にしみ入る蝉の声

の句を残しております。これは、常識的な立場からは、「蝉が鳴いているのに、どうして閑《しず》かであるといえるのか」という反論さえ出てきそうな句ですが、おそらく芭蕉はこの蝉の声を、すべての周囲の音と動きを奪い取り、一切を深い静寂へと導き入れるものとして聴いたのです。少なくとも芭蕉にとっては、この蝉の声は、暫時、全宇宙を飲み込んだのです。「閑か」とは、そういう存在の深淵が開かれたすがたの表現なのではないでしょうか。（『華厳経をよむ』二一三頁〜二一四頁）

右の引用では〈あらゆる存在が他のすべて、ないし全体と限りなくかかわりあい、通じあい、はたらきあい、含みあっている〉という華厳経の思想に芭蕉の作品が類似していると指摘しているのだ。〈閑かさや岩にしみ入る蝉の声〉において木村清孝は〈芭蕉にとっては、この蝉の声は、暫時、全宇宙を飲み込んだ〉と看破するのである。芭蕉の蝉の句も『奥の細道』の中の作品であるが、この作品は『奥の細道』における最高傑作といわれる。

> 華厳のサンスクリット語名であるガンダビューハ(gandavyuha)のガンダ(ganda)を雑華《ぞうけ》と訳しビューハ（vyuha）を厳飾と訳している。雑華厳飾、すなわち雑華をもって荘厳することを意味している。雑華はあらゆる華を意味するのであるがその中には、名もない花も含まれなければならない。（中略）
>
> 雑華とは美しい牡丹のような花だけでなく、名もない雑草で飾ってもよいのである。
>
> よくみれば薺花咲く垣根かな　芭蕉
>
> なずなの花は小さくて、およそ存在自体目にもとまらないような花だが、よく見ると垣根の下でひっそりと咲いている。それはそれなりに力いっぱい全力をもって咲いているのである。（中略）なずなは何をもってしても代えることのできない全存在を、そこに咲かしているわけである。だから尊いわけである。
>
> （鎌田茂雄『和訳華厳経』東京美術　一九九五年　二〇五頁～二〇七頁）

引用は華厳経の本来のタイトルの意味を説明している。雑華厳飾がその内容である。

雑華すなわちさまざまな華でもって仏様をつつしんでお飾りするのである。ここでは芭蕉の〈よくみれば薺花咲く垣根かな〉の作品における存在の尊さについて注目がなされている。

草いろいろおのおの花の手柄かな　芭蕉

右の作品も雑華厳飾の華厳経の思想から考えると重要な作品である。『笈日記』の作品で、『更科紀行』の旅に出立する時、岐阜で見送りに集まった人々みんなへの挨拶句である。集まってくれたひとりひとりが個性のすばらしい花を咲かせていると称揚する。そして華厳経的解釈に近づければ〈ひとつひとつの生の開花・あらゆる個性の存在のあらわれ〉をほめたたえているのである。芭蕉は哲学的には存在は存在としてパーフェクトなのだと表明しているのだ。

『幻住庵記《げんじゅうあんのき》』は芭蕉の文章において最高傑作といわれている。今日芭蕉の筆になるものとして四種類の記が確認されている。ここでは初稿と考えられているバージョンの末尾を引用する。

終《つひ》に無能無才にして此《この》一筋につながる。凡《およそ》西行・宗祇の風雅における、雪舟の絵に置《おけ》る、利休が茶に置る、賢愚ひとしからざれども、其《その》貫通するものは一《いつ》ならむと、背をおし、腹をさすり、顔しかむるうちに、覚えず初秋半《なかば》に過《すぎ》ぬ。一生の終りもこれにおなじく、夢のごとくにして又ゝ幻住《げんぢゅう》なるべし。

先《まづ》たのむ椎の木もあり夏木立

頓《やが》て死ぬけしきは見えず蟬の声

元禄三夷則《いそく》下《げ》　　芭蕉桃青

（『松尾芭蕉集』小学館　五一三頁）

引用の中で〈一生の終りもこれにおなじく、夢のごとくにして又ゝ幻住なるべし。（人の一生の終わるのもこれと同じく夢のようで、また庵の名と同じく幻の住まいなのである。）〉と述べて〈幻住〉という言葉を用いている。〈幻住〉という日本における発想は恐らく華厳経が起源であると思う。華厳経の入法界品の第五十一話は徳生童子《とくしょうどうじ》と有徳《うとく》童女の話である。一部を次に引用する。

私たち二人は菩薩の解脱を得ております。幻住とでも言いましょうか。一切世間は夢、幻のごときもの。すべては幻の因縁から生じた幻なのです。悪業も煩悩も幻なるがゆえに一切衆生は幻なのです。一切衆生は幻の無明と有と渇愛が生み出した幻といえましょう。生老病死、苦悩と悲哀、みな虚妄なる分別から生じた幻なのです。三界のすべては作り出されたものであり、幻の不可思議なる世界の出来事なのです。

（『善財童子　求道の旅』一一五頁）

私の仮説が正しければ『善財童子　求道の旅』の引用から考えて芭蕉の『幻住庵記』における〈幻住〉というキーワードは華厳経に依拠したものと思えるのである。芭蕉の旅は西行や宗祇の旅にならったものとしばしば自分で述べている。しかしこうした自発的エグザイル（exile）の発想は日本においては華厳経の入法界品の主人公の善財童子の求道の旅が原型なのではなかろうか。更に言えば芭蕉と郷里の同じ門人の服部土芳のあらわした『三冊子』の〈白雙紙〉の［一三］の「旅の句」において〈また、「東海道の一筋も知らぬ人、風雅におぼつかなし、ともいへり」とあり。〉という文言に出会う。〈とあり〉とは森川許六《もりかわきょりく》の『韻塞《いんふたぎ》』をさすという。ここで興味深いのは東海道を実体験したことのない人は風雅の道も不安が残るという事を芭蕉が述べたことである。東海道五十三次は華厳経の五十三人の善知識にちなんでいるが、華厳経的に考えると善財童子が思い出されて求道の旅も風雅の道もその厳しさにおいて同等なのであると思わせる。但しそうはいっても十返舎一九の『東海道中膝栗毛』にいたると東海道は修業の道から物見遊山の道へと変化したのだった。

かさねとは八重撫子の名成べし　曾良
象潟や雨に西施がねぶの花　芭蕉
一家に遊女もねたり萩と月　芭蕉

私は『奥の細道』での恋の句のベストスリーを右の三句としたい。曾良の〈八重撫子〉は日本の美人、芭蕉の〈西施〉は中国の美人、そして〈遊女〉は印度由来の美人と勝手に想像する。〈三国一〉とは室町時代の流行語で〈日本・唐土・天竺にわたって第一であること〉である。この意味を知ると三句の中で誰が三国一の美人になるのだろうかという興味も湧いてくる。しかし華厳経的思想では三者はそれぞれの存在においてベストなのであって、三者それぞれが三国一なのである。従ってオンリー・ワンが即ちナンバー・ワンであると考えるのが華厳経なのである。競争社会に疲弊した世界の人類にとっては魅力的な発想である。『奥の細道』は日本の古典のトップであろう。又『奥の細道』は世界文学に貢献できた日本の唯一の文学作品であると思う。このグローバルな作品は東北という当時の文学的フロンティアにおいて西行の点を芭蕉が線でつないだという意味でローカルである。しかしその内容の中で三国の宗教や文化をなるべく不自然にならないように融合させたという意味でグローバルである。恐らくこうした意味で成功したので日本と世界で『奥の細道』は人々に愛読されているのであろう。つまり日本のグローバリゼーションは第一期を大仏開眼とすれば、その後のグローバリゼーションは芭蕉の文学的世界において実現されたことになるのだ。鎖国の中でのグローバリゼーションであったことになる。

あとがき

　俳句に興味を抱いてから六十年になる。六十年は長いようだが、実際に俳句に関与していると、あっという間であった。かつて福永耕二先生は俳句は継続であると言っていた。先生は二十代の頃恐らく恋愛を優先にして、しばらく俳句を中断した時期があり、その事を大変後悔されていた。そのためか、先生は青春時代に継続して俳句を作っていない俳人を作家として信用しない、とまでいっていた。その意味からすると私は俳句の優等生ということになる。この六十年間の私の人生は常に俳句とともにあった。大病で死にそうだった時も俳句の事を考えていた。これは正岡子規から学んだ事である。六十年間の総まとめとして、現時点での結果として今回の句集を考えた。句集を編集しながら残念ながらそれほどの成果があがったとは思えなかった。作品がそれほどパッとしないのである。句集を出す時はいつもそうなのであるが、句集はゴールでなくスタートなのだと痛感した。しかしこの間俳句に関して解釈力が増し、作句力が増し、評論力が増した。不思議な事だ。あと二年で後期高齢者になる。もともと虚弱な体力が更に落ちているのにである。頭脳の力は体の筋肉に比例するという欧米流の学説とは明らかに逆行している。体力を気力が補うという東洋の考え方に合致するようである。

私は学問上の師運に恵まれていた。それ以上に俳句上の師運にも大変恵まれていた。こうした師運に関する限り私は相当な幸運児であったと思う。市川中学一年生の時に能村登四郎先生に出会ったのが幸運の始まりであった。その時私は俳句の話を伺ってこんな世界もあるのだと目を輝やかせたものである。それからちょうど十年後、今度は本格的に俳句の先生として能村登四郎先生に師事したのである。能村登四郎先生の主宰する『沖』俳句会を通じて私は福永耕二先生に初めてお会いする。以後十年間私は福永耕二先生のカバン持ちのような事をさせて頂いた。この十年間で私は俳句の作り方や雑誌の作り方、そして俳人の日常生活や生き方まで学んだ気がする。加えて福永耕二先生のお供で水原秋櫻子先生に直接お会いすることができた。『馬酔木』の月例句会で水原秋櫻子先生の謦咳に接すること三年に及んだ。又水原秋櫻子先生の御自宅にも十回ほど福永耕二先生と又先生の御用でお伺いしたことがあった。私が三十二歳の時福永耕二先生は逝去された。私は息を引き取る時ベッドの脇にいた。どんなに苦しくても俳句を続けられたのはこの時のインパクトが強烈だったせいかもしれない。四十年間薫陶を受けた能村登四郎先生が亡くなった時、私が『沖』の編集長としてお見送りすることができたのも何かの御縁かもしれない。

正岡子規は世に〈業俳〉と〈遊俳〉があるが、自分の俳句は〈書生俳句〉であると述べている。今日〈書生〉はなじみがないので私は、〈文学志向の俳句〉と解釈している。そして〈文学志向の俳句〉を私は短くして〈文俳〉と呼びたい。〈文人俳句〉とまぎらわしいが〈文人〉の〈文〉ではなくて〈文学〉の〈文〉と解釈して頂きたい。このように考えると俳人のジャンルが〈業俳〉・〈遊俳〉・〈文俳〉と三種類に分けられて分かりやすくなると思う。勿論私が目指すのは〈文俳〉である。〈文俳〉は私の俳句全体の志向の問題であるが、私が文体上重視するのが〈切字〉である。石田波郷と福永耕二先生の影響で〈切字〉を重視するようになった。私が〈切字〉を重視するのは〈切字〉が俳句に格調を与えてくれるように感じるからである。日本の教育から文学が消えるそうだ。大学の学部や学科から〈文学〉がなくなり始め、最終的にはなくなるようだ。大学入試の外国語や国語の問題から文学作品がなくなって久しい。高校の教科書からも文学作品が消え、日本の古典は選択科目になるそうだ。この趨勢では〈文俳〉の〈文〉が〈文学〉を意味していると言っても何のことか分らなくなるだろう。又〈切字〉に関して言えば〈「切れ」が俳句の本質でもなければ伝統でもなく、１９６０〜７０年代に切字説から派生した一種の虚妄であることをあきらかにする。（高山れおな・『切字と切れ』・帯文）〉という考えが出てきたのである。高山れおなは今日の俳壇のインフルエンサーであり、この発想から解釈すれば〈切字〉は俳句文体における文体装飾としては認められるが、根本的には〈虚妄〉という結論になってしまう。〈霜柱俳句は切字響きけり　石田波郷〉の主張は今や〈虚妄〉なのだ。私の作品における〈切字〉の主張ももはやこれまでなのだろうか。更に『切字と切れ』の帯には〈平成俳壇を覆った強迫観念を打破する画期的論考！〉と加えられている。私の俳句における〈文学志向〉と〈切字志向〉は今日において明らかに旗色が悪いようだ。

私は個人的に俳句は志と思と詩の三位一体のものであると思う。なにやら語呂合せのように聞こえるかもしれないが、大切な考え方である。〈志〉は〈志操〉でひとたび決心したら守って変えない志（こころざし）のことだ。俳句はささやかなものなので世間の紆余曲折でどうにでもころがってゆくものである。そこのところをひたすら一直線に進む志が大切なのである。次に〈思〉は〈思想〉である。〈思想〉

は自分の頭で考えたこと、又古今東西のかんがえを自分で取捨選択してわがものとした考え方である。つまり付和雷同することなくセクト主義を断ち切ることである。特に俳句の場合は流派力学が働きエピゴーネン（亜流）の大量生産を目指すことが多いので注意が必要である。第三のものは〈詩〉である。つまり〈詩想〉は俳句の中での詩的な考え、及び俳句という詩を作ることに駆りたてる着想である。この場合歳時記は〈詩想〉の宝庫となるが、宝庫とするに足る解釈力が是非とも必要となるであろう。というわけで換言すると俳句は志操・思想・詩想の三位一体の有機物といえよう。このあたりを体にたとえるならば〈志操〉は体を支える〈骨〉であり、〈思想〉は体を動かす〈筋肉〉であり、〈詩想〉は体の命を保持する血管を流れる〈血液〉ということになろう。

中学一年生の秋に全学的な学術発表会という自由研究の発表会があり、そのひとつの芭蕉の〈奥の細道研究〉という発表にいたく感動した。奥の細道の辿った場所と折々の俳句を説明したものであったが、この発表が『奥の細道』に出会った最初であった。以来六十年が経過している。大学一年生の時の哲学の先生が『華厳経』をドイツ語に翻訳された方で、しばしば『華厳経』の話をされた。私はなぜか魅かれるものを感じてその後も『華厳経』に関心を持ち続けている。五十五年前のことである。俳句と芭蕉に関心をもってからなんとか芭蕉に関する評論を書きたいと長い間思っていた。しかしそうは思っても芭蕉はむずかしく資料は厖大なのでひとつのテーマさえ決まらないまま時間が過ぎていった。しかしここ十年ほどの間になんとなく芭蕉と華厳経との関連がつながってきて、昨年一年がかりで〈芭蕉と華厳経〉がまとまった。これまで評論といえば四百字詰原稿用紙で四十枚が限度であった。割合に良く書く文章は原稿用紙十二枚のものであった。しかし十二枚の原稿用紙に文字を埋めるのは大変な苦行である。四十枚となれば筆舌に尽し難い苦行となる。ところが今回は結果的に全く未経験の原稿用紙八十枚の私にとっては超大作となったのである。この年になってこんな大作が書けたのは不思議なことで、書けた事自体が嬉しかったのである。一編では単行本にならないし、現在評論集を出せるほどの評論もないので、本稿をこの句集の附録にすることにした。恐らくこのようなテーマの先行研究は皆無であろうし荒唐無稽と思われることは覚悟の上である。何人かの方々にこの論文をお送り申し上げた。そうした方々の中で奈良の華厳宗大本山の東大寺の長老狹川宗玄先生より御懇切な書状を賜った。御書状は慈愛に満ちた内容だった。狹川宗玄先生に転載をお願いしたところ、お許しを賜ることができた。ここに御書状を披露させて頂きたいと思います。

拝復

コロナの猛威がおさまらず、大へんなことになってきました。

先日はご丁寧に『轍』二〇二〇年十一・十二月号をお届け頂き有難うございました。

「芭蕉と華厳経」轍百号記念論文として興味あるテーマを取り上げられました。

あまり今まで考えられなかった論文で、色々教えられました。芭蕉をもってこられたのは慧眼でした。

華厳経をよく読まれましたね。私も若い頃、入法界品の二十六話に出場する婆須蜜多女については、興味があり、本当のところ、その真意はよく理解できませんでしたが、百歳になってみて、おぼろげながら、わかるようなところがあるように思われてきました。

芭蕉の「一家に……」の心境でしょうか。

謡曲『江口』との関連性も言っておられますが、面白いですね。

今後愈々俳境を高められご活躍をお祈りしています。

コロナの無い来年になるよう祈っています。

右御礼まで

敬具

十二月十五日

狹川宗玄

大関靖博様

ここに東大寺長老の狹川宗玄先生に拙ない文章をお目に止めて頂き満腔の感謝を申し上げます。俳句において華厳経との関係はそれほどめずらしいことではないように思われる。例えば『華厳』は川端茅舎の第二句集である。この句集『華厳』の序において高浜虚子は川端茅舎のことを「花鳥諷詠真骨頂漢」と呼んでいる。又岡井省二は「哲学や仏教で救われなかった魂が俳句で救われた」といいつつも頻繁に華厳思想に言及しているのである。華厳経という単語の入った俳句も存在する。〈花に声あらば一山華厳経　栗栖恵通子〉という作品がそれである。栗栖恵通子という人物は未知の方であるが、このような俳句作品を作られる作者に対して私は興味津津である。

このたびの句集上梓にあたり妻子の面々や親類の方々及び俳句雑誌『轍』の連衆の皆様に衷心よりの謝意を表わす次第です。加えましてこの長い「あとがき」において改めまして狹川宗玄先生の御厚情に心より御礼申し上げます。本当にありがとうございます。

令和三年二月九日　七十三回目の誕生日に

大関靖博識

著者略歴

大関靖博（おおぜき・やすひろ）　本名　康博

1948年　千葉県幕張町実籾《みもみ》（現習志野市実籾町）生れ
1960年　市川中学にて能村登四郎と出会い俳句を始める
「馬醉木」・「沖」に投句
水原秋櫻子・能村登四郎・福永耕二に師事
2003年　俳句雑誌「轍《わだち》」を創刊

高千穂大学名誉教授・兼任講師
日本文藝家協会会員
俳人協会会員
福永耕二顕彰会理事
「轍」主宰

著書　句集『点描画』（1978年刊）
評論集『伝統詩形の復活』（1983年刊）
学術論文集『古代英詩と海』（1986年刊）
句集『風速』（1987年刊）
評論集『ものと言葉』（1988年刊）
評論集『不滅のダイアモンド』（2003年刊）
句集『轍』（2007年刊）
評論集『不易の詩形』（2009年刊）
句集『五十年』（2011年刊）
アンソロジー『大関靖博句集』（2012年刊）
学術論文集『比較文化的詩論考』（2014年刊）
句集『大夢』（2015年刊）
評論集『ひるすぎのオマージュ』（2017年刊）
句集『大楽』（2018年刊）
評論集『十七文字の狩人』（2019年刊）

現住所　〒275-0005　千葉県習志野市新栄1-6-16

句集　大蔵　だいぞう

二〇二一年七月五日　初版発行

著　者――大関靖博

発行人――山岡喜美子

発行所――ふらんす堂

〒182-0002　東京都調布市仙川町一―一五―三八―二F

電　話――〇三（三三二六）九〇六一　FAX〇三（三三二六）六九一九

ホームページ　http://furansudo.com/　E-mail　info@furansudo.com

振　替――〇〇一七〇―一―一八四一七三

装　幀――和　兎

印　刷――㈱渋谷文泉閣

製　本――㈱渋谷文泉閣

定　価――本体二三〇〇円＋税

ISBN978-4-7814-1392-1　C0092　¥2300E